MW00762681

我把妈妈变成了鳄鱼

文:〔日〕高科正信　图:〔日〕小林美佐绪　翻 译:彭 懿

河北出版传媒集团
河北教育出版社

厨房里有一只鳄鱼。
“哎呀，菊千代，怎么啦？你不是吃过点心了吗？”
鳄鱼两条后腿直立站在那儿，看着我，笑了起来。
粗粗的大尾巴不停地摆来摆去。

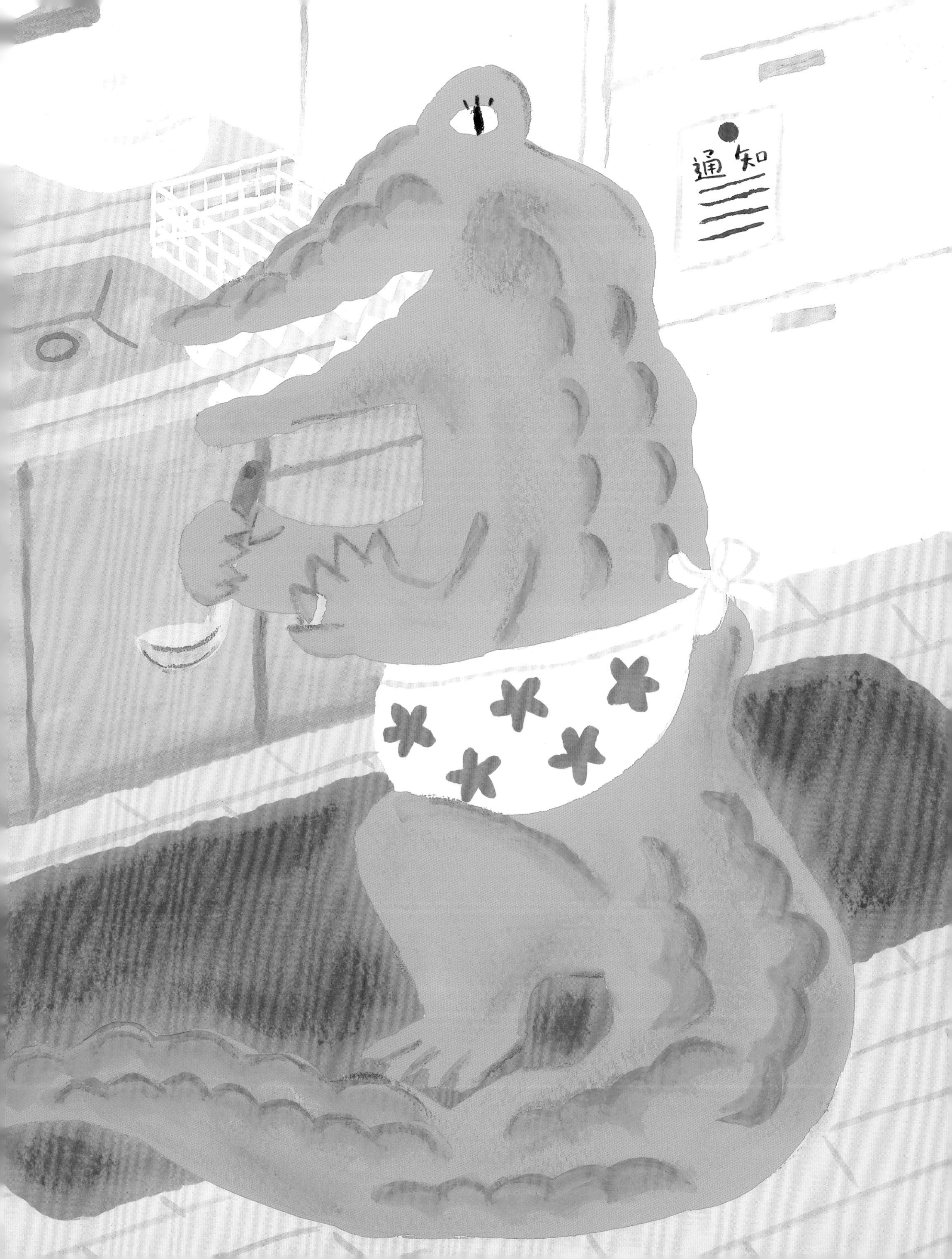
通知

“妈妈去买东西了！”
鳄鱼说完，就打开了冰箱。
“嗯，肉还有没有呢……有，有，还有好多哪。”
鳄鱼看着我，又呵呵地笑了起来。
没错，鳄鱼是叫我“菊千代”，说它自己是“妈妈”。

酸奶
酸奶
味噌

牙膏

妈妈每天、每天都要对我说：
“快点儿起床！”
“快点儿吃饭！”
“快点儿洗澡！”
“快点儿睡觉！”
快点儿！快点儿！快点儿！
只要一看到我的脸，妈妈就会说快点儿。
就是她不说，我也知道。
知道是知道，但我不知道怎么才能快起来。

我想把总对我说“快点儿、快点儿”的妈妈变成一只鳄鱼。
于是，我在图画本上画了一只系着围裙的鳄鱼，
还用箭头指明它是妈妈——
唠唠叨叨、哇啦哇啦的鳄鱼妈妈。
所以，妈妈才会变成了鳄鱼吧？

唠唠叨叨
妈妈

MILK

怎么办呢？
我急得嗓子眼儿都干了，
想喝点儿什么，就打开了冰箱。
咦，肉呢？冰箱里根本就没有肉啊！
鳄鱼说的肉……一定指的是我！
怎么办呢？
看来鳄鱼妈妈是打算吃掉我。

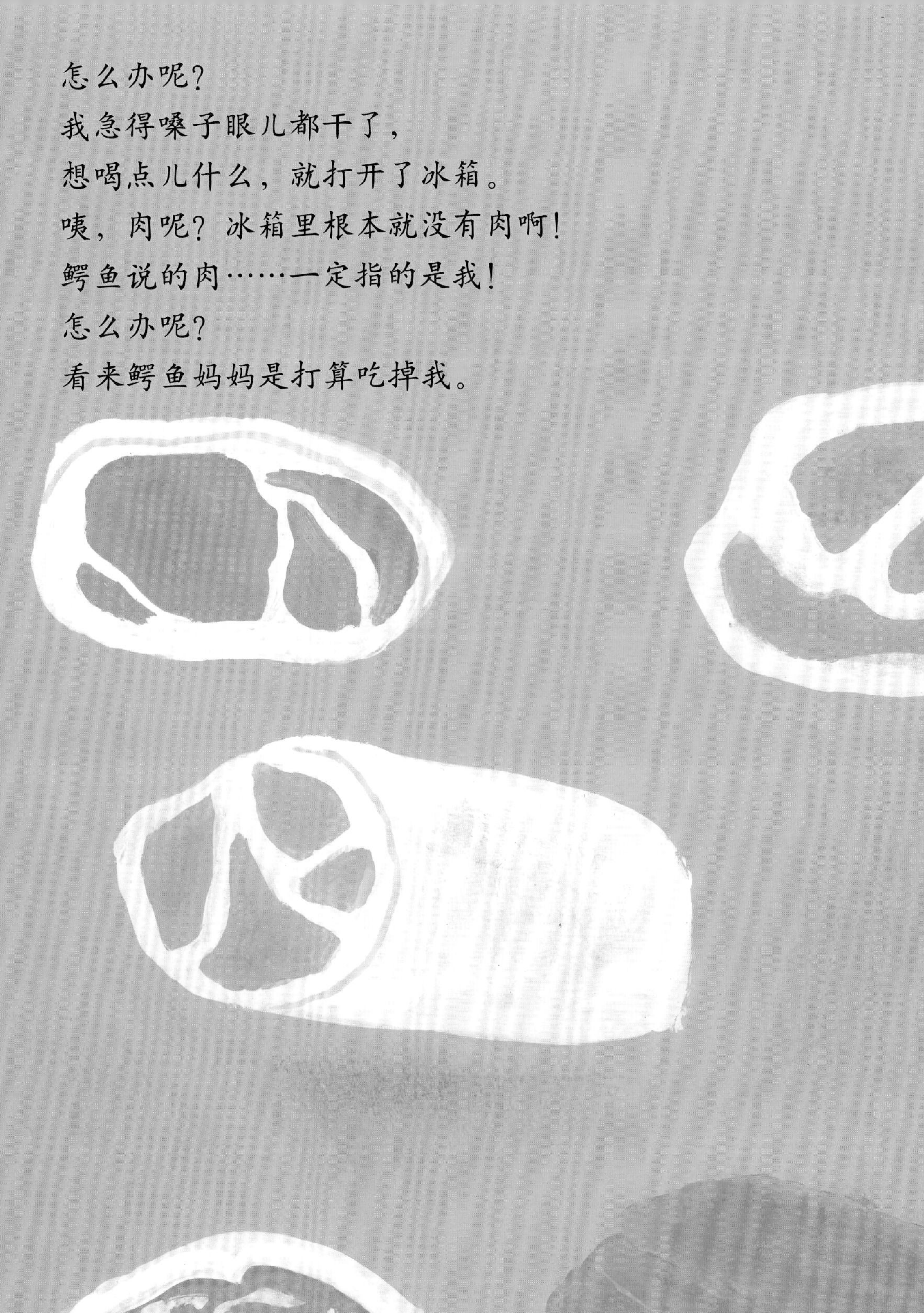

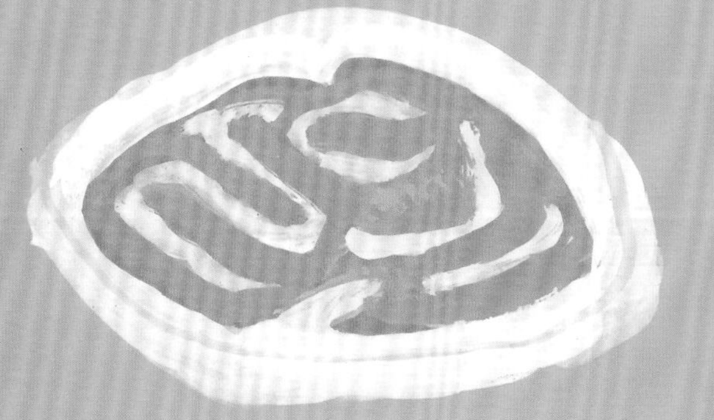

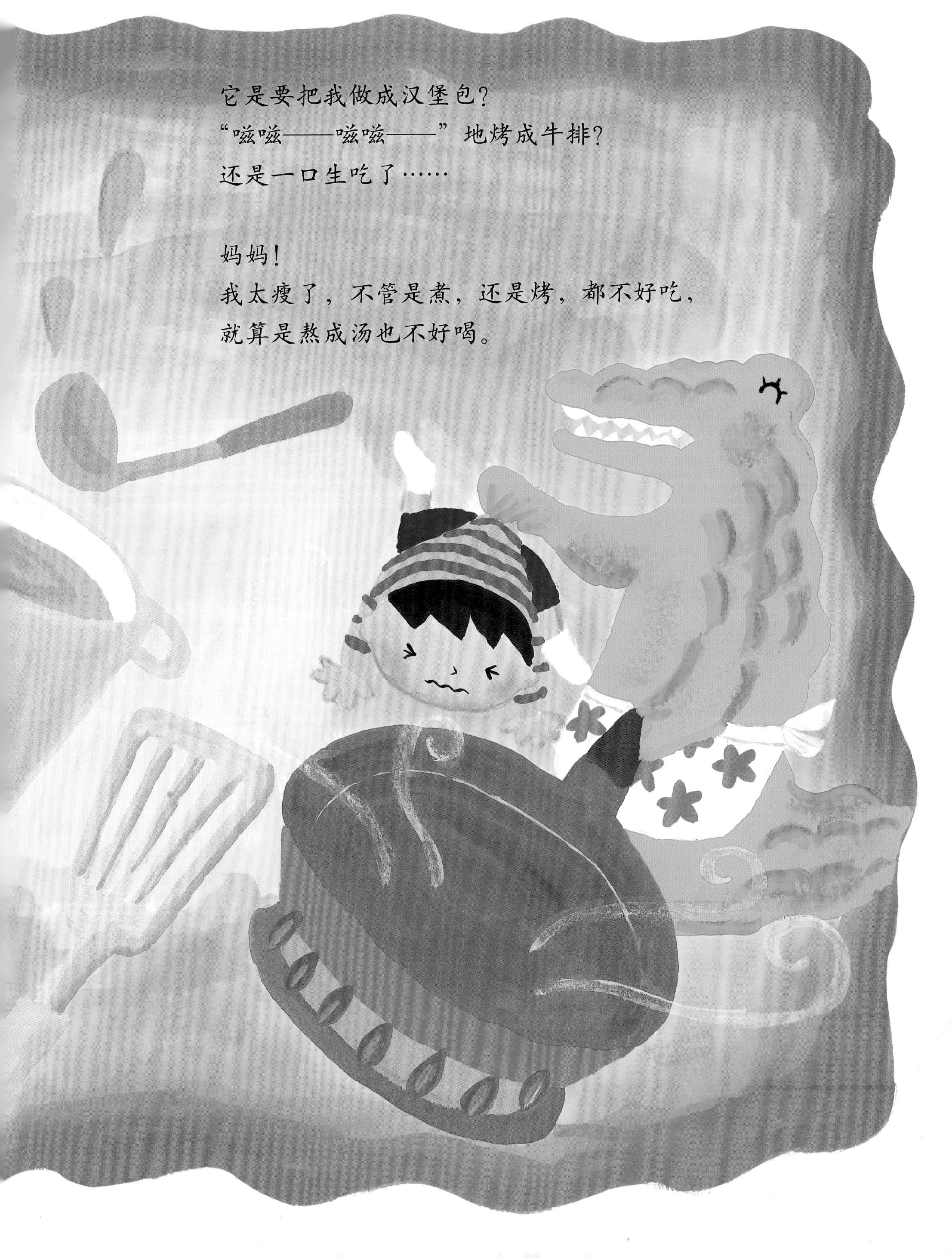

它是要把我做成汉堡包？
“嗞嗞——嗞嗞——”地烤成牛排？
还是一口生吃了……

妈妈！
我太瘦了，不管是煮，还是烤，都不好吃，
就算是熬成汤也不好喝。

怎么办呢？
这会儿，妈妈正在超市里面吧？
可能店员正在向她推销，
“请尝尝一口吃香肠吧。”
“啊哈，谢谢，那我就不客气啦。”
妈妈猛地张开大嘴，一口就把店员给吞了下去。

就连在回来的路上，妈妈也会东咬一大口，西咬一大口。
一大口，一大口，又是一大口。

妈妈……

妈妈一定会被关进动物园的铁笼子里，
因为它是一只世上罕见的后腿直立行走的鳄鱼，
是一只系着围裙、会烧菜的鳄鱼，
是一只大口咬人的鳄鱼……
警告
·请不要跟它说话
·请不要喂食
·请不要把手伸进去

怎么办呢？
有了，我有一个好主意！
我把画在图画本上的鳄鱼妈妈仔仔细细地擦干净，
然后，画了一个漂亮得不得了的妈妈，还涂上了颜色。

真正的妈妈

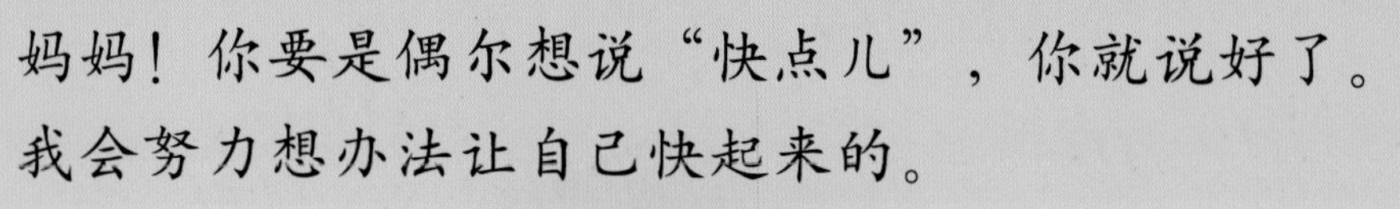

妈妈！你要是偶尔想说“快点儿”，你就说好了。
我会努力想办法让自己快起来的。

7:00

“我回来啦。”

从门口传来了妈妈的声音。

我战战兢兢地走过去，

一看——

哇！刚才还是鳄鱼的妈妈，一下子变成了一个漂亮的妈妈，
简直就像从电视机里走出来的似的。
“正好遇上大减价，狠狠心，就买了一件衣服！
购物也是缓解压力啊。怎么样？妈妈漂亮吗？”
说完，妈妈还摆了一个模特姿势。

最近这段时间，我觉得我做事一点点儿地快了起来。
妈妈也不再说“快点儿、快点儿”了。

这是怎么回事呢？

图书在版编目（CIP）数据

我把妈妈变成了鳄鱼 /（日）高科正信著 ；（日）小林美佐绪绘 ；彭懿译. -- 石家庄 ：河北教育出版社，2014.3（2018.8重印）
（启发精选世界优秀畅销绘本）
ISBN 978-7-5545-1071-1

Ⅰ. ①我… Ⅱ. ①高… ②小… ③彭… Ⅲ. ①儿童文学-图画故事-日本-现代 Ⅳ. ①I313.85

中国版本图书馆CIP数据核字(2014)第037368号

冀图登字：03-2016-057

我把妈妈变成了鳄鱼

责任编辑：张翠改　高群英
策划：北京启发世纪图书有限责任公司
　　　台湾麦克股份有限公司
出版：**河北出版传媒集团**
　　　河北教育出版社 www.hbep.com
　　　（石家庄市联盟路705号 050061）
印刷：盛通（廊坊）出版物印刷有限公司

发行：北京启发世纪图书有限责任公司
　　　www.7jia8.com　010-59307688
开本：889毫米×1194毫米　1/16　　印张：2
版次：2014年5月第1版
印次：2018年8月第8次印刷
书号：ISBN 978-7-5545-1071-1
定价：32.80元

如有印装质量问题请与印刷厂联系(010-52249888转8816)